U0099675

掃描觀看
「作者的話」影片

讀繪本學語文——讓兒童愛上學習中國語文

　　繪本，英文叫 picture book，即圖畫書，是兒童讀物中一個重要的低幼讀物類別，圖文並茂，深受兒童喜愛。近年出版了大量繪本，良莠不齊，如果採用繪本用作語文教學，必須嚴格選擇文字及插畫均屬上乘的作品。

　　繪本是文字和圖畫巧妙結合的藝術作品，圖畫是視覺語言，幫助小讀者更好地閱讀文字，從圖畫中推測及領悟文字的意思，擴大了文字的想像空間，體會中國文字的美，從而愛上學習中文。

　　本系列因應語文學習的新趨勢，參考了香港教育局小學語文學習範疇及目標，設計了多元化的活動，使兒童在愉快閱讀繪本中吸取語文知識，提升讀寫聽說的技能。每一本活動冊是根據所選繪本的故事內容編寫，設計的每項活動除了符合語文學習目標外，特別重視兒童的學習興趣和能力，因此活動形式多樣化，能夠刺激兒童的想像力和批判性思考能力，而不是死記硬背語文知識，更不是枯燥乏味的作業冊。

　　兒童透過活動冊，深度閱讀美文美圖的繪本，不但提高了閱讀理解能力，培養了審美的情趣和高尚的品格，同時亦領略了中國語文的美妙和奇趣，提升了中國文化審美素養。

目錄

掃描二維碼，觀看線上課堂影片

本活動冊特設1段給家長的「作者的話」影片，和4節線上課堂影片，與孩子互動進行繪本活動。只需掃描相關頁面右上角的二維碼（QR code），即可觀看。

🐦 聽故事·玩遊戲·學語文

認識這本書

1. 小朋友，請從封面找出關於這本書的資料。

書名：

_____

作者：

_____

繪者：

_____

出版社：

_____

奇異的種子

一切從看故事開始：
請視乎孩子閱讀能
力，先引導孩子閱
讀故事，或為孩子
講述故事。

2. 請仔細看看封面，你看到什麼？一家三口都在看着什麼？

_____

3. 從封面及書名你能猜到故事的主題嗎？

主題是_____

3

閱讀理解

請引導小朋友在書中找答案，先口頭複述，然後把答案寫下來。

小朋友，看完故事，你知道以下問題的答案嗎？

1. 在故事開始時，這家人為什麼會在早上爭吵起來？

_____

_____

2. 誰來探訪這家人？是一個怎樣的訪客？

_____

_____

3. 老婆婆告訴這家人要怎樣栽種奇異的種子？

_____

_____

4. 奇異的種子開出怎樣的花？

_____

_____

5. 老婆婆說過當奇異的種子開花時，一家人便會得到金錢也買不到的好處，究竟是什麼好處呢？

_____

_____

創意思考

小朋友，動腦筋想一想花朵中的問題，說說看。

1. 老婆婆為什麼要到處送奇異的種子？你能猜出她的身分嗎？

2. 如果老婆婆來到你的家，你願意接受奇異的種子嗎？為什麼？

3. 如果你得到一顆奇異的種子，你希望它擁有什麼神奇的力量？

口部字詞大搜捕

小朋友，來認識有趣的漢字：口

《奇異的種子》故事中，有很多口部的字詞。現在展開口部字詞大搜捕，看看你能找出多少個？請把它們寫在網內，最少要找出 6 個啊！

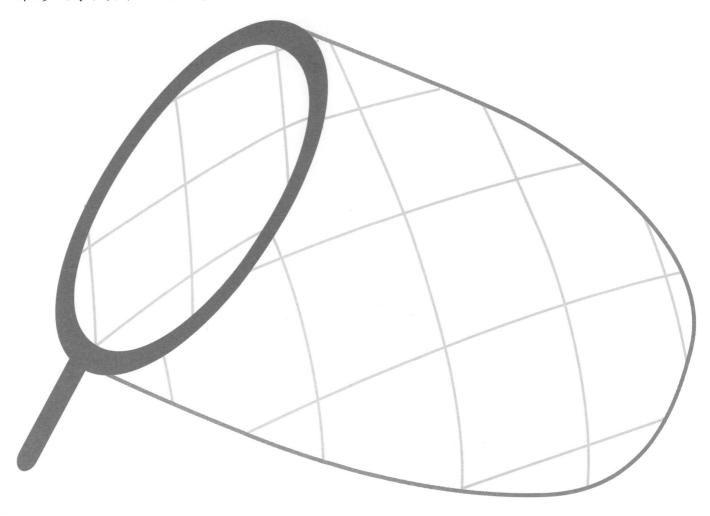

認識擬聲詞

掃描觀看
線上課堂影片

1. 「擬聲詞」又名「象聲詞」，指模仿聲音的詞語。
   例如形容風聲可以用「呼呼」：北風呼呼地吹。
   請你從書中找出 5 個擬聲詞，寫在話框內。

2. 請選出恰當的擬聲詞填在橫線上，使下列句子意思完整。

   砰　　嘩啦嘩啦　　叮叮　　吱吱　　呼呼　　轟隆隆

(1) 大風一吹，門＿＿＿＿＿＿＿＿＿的一聲便關起來了。

(2) 剛才還是天朗氣清的，怎知轉眼便風雲色變，大雨
   ＿＿＿＿＿＿＿＿＿地下起來。

(3) 「＿＿＿＿＿＿＿＿＿」，遠遠傳來電車的鈴聲。

 **創作兒歌**

《奇異的種子》故事中的爸爸，最後唱出了屬於他們的歌兒。請你以《我愛我的家》為題，創作一首屬於你的兒歌，寫在橫線上，並配上圖畫吧！

《我愛我的家》

_____

_____

_____

_____

_____

_____

_____

_____

說好聽的話

小朋友，你有對身邊的人說好聽的話嗎？請想一想你會對以下這些人說什麼好話，把它寫在話框內的橫線上，並記得要對他們說出這些話啊！

1. 對爸爸說：

　　_____

2. 對媽媽說：

　　_____

3. 對老師說：

　　_____

4. 對校巴司機說：

　　_____

你有什麼想讚美或感謝他們嗎？

5. 對_____（由你自選對象）說：

　　_____

觀察及欣賞插圖

掃描觀看
線上課堂影片

小朋友，仔細觀察這兩幅插畫，欣賞畫家的繪畫技巧，你可觀察到許多細緻的地方。試比較這家人在栽種奇異的種子前後發生了什麼變化，填在右頁的表格內。

栽種前

栽種後

產生的變化	栽種前	栽種後
面部表情		
衣着打扮		
家居環境		

不只這家人，連家中的洋娃娃都有大變化啊！你能在書中找出它的變化嗎？

小朋友，請在下面的空盆子裏，把奇異的種子的生長過程逐步畫出來吧。

1. 種子裂開了

2. 根往泥土裏鑽，莖往空中伸

3. 越長越高，葉子像翠玉般碧綠，手掌般大

4. 開花了

想一想，如果故事中的這家人沒有聽從老婆婆的指示栽種奇異的種子，會開出怎樣的花？請你發揮創意畫出來。

小朋友，究竟有什麼方法可以令植物生長得快點啊？宋代有一個農夫想出了一個方法，不知道他能不能成功呢？

這是成語「揠苗助長」的故事，它的意思是比喻做事違反事物的發展規律，急於求成，最後事與願違。「揠」粵音壓。

例句：你還沒練習好芭蕾舞的基本功，就想挑戰難度更高的動作，是揠苗助長，很容易會受傷的。

活動：種一顆奇異的種子

只要用心栽種，其實每一顆種子都可以成為你的奇異的種子，使你有意想不到的收穫。請你選擇一種你喜歡栽種的種子，細心觀察它的生長過程並記錄下來。

你可以影印這頁，或在其他紙上記錄更詳細的植物生長過程啊！

記錄日期	生長情況

我意想不到的收穫：（例如：培養了觀察力）

_____

_____

_____

這盆栽是用大大的牛油果種子栽種的。

這盆栽是用小小的檸檬種子栽種出來的。

大大的牛油果種子

小小的檸檬種子

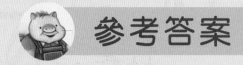

參考答案

P.4 閱讀理解 （可參考答案，以自己的文字表達）

1. 媽媽因為被飛濺的粥燙到手而對粥咒罵，兒子看到這情景也火氣上升，想一口把熱粥吞掉，卻被燙得舌頭開花，喉嚨爆炸。爸爸看到這混亂的場面，生氣得猛力把碗摔到地上，結果碗破了，粥沒了，惹得媽媽和兒子咆哮大哭，三人便爭吵起來。

2. 一個老婆婆來探訪他們，她看來有八、九十歲，弓着背、彎着腰，滿頭白髮，一臉皺紋，左手扶着枴杖，右手拿着一個小布袋。

3. 老婆婆告訴這家人要齊心合力栽種奇異的種子，每天早上要一起到井邊挑水回來灌溉它，又要輪流對它說好聽的話和給它唱動聽的歌。

4. 奇異的種子開出的花像天上的月亮一樣圓、一樣大，有七塊花瓣，每一塊的顏色都不一樣。太陽照在花瓣上，每一塊便不停地轉換顏色，彷彿是七條流動的彩虹，閃閃生輝，七彩繽紛。

5. 他們得到世界上最寶貴的東西，就是他們一家人的愛。

P.6 口部字詞大搜捕 （答案未能盡錄，僅供參考）

嘴、喉、嚨、咆、哮、叫、吵、咦、喝、囉、嗦、唱、合、吞、吹、口、哨、和、吧、咒、哼、喘、問、喚、古……

P.7 認識擬聲詞

1. 噼里啪啦、砰、嘩啦嘩啦、咿呀、吱吱、咿咿呀呀、噗噗……

2. （1）砰　（2）嘩啦嘩啦　（3）叮叮

P.10 - 11 觀察及欣賞插圖 （可參考答案，以自己的文字表達）

栽種前

面部表情：眼睛、眉毛、鼻子都皺在一起，每個人都是生氣的模樣。

衣着打扮：衣服較骯髒殘舊，穿着沒有用心配襯，比較隨意。

家居環境：家居環境比較骯髒混亂，到處都是破爛的東西，如：牆紙穿了洞、洋娃娃耳朵損壞了、櫃門鬆脫……

栽種後

面部表情：平和、開心，臉上還帶着笑容。

衣着打扮：衣服乾淨，穿着整齊，似有用心配搭過。

家居環境：家裏窗明几淨，十分整潔，沒有任何東西是壞掉破損的。